Il n'y a pas que le soleil qui réchauffe

TESS

ISBN : 9798820156519

ISBN : 9798820156519

À ma mère, soleil de ma vie

Cette nouvelle est inspirée d'un festival de Gospel auquel j'ai eu la chance de participer en novembre 2021.

La plupart du temps, ce n'est qu'après avoir vécu un évènement que l'on se rend compte de son importance.

Ces quelques jours auront marqué un tournant dans ma vie professionnelle comme personnelle.

REMERCIEMENTS

Merci à toutes les personnes à l'origine de ce festival et à toutes celles y ayant participé. Merci aux personnes qui m'entourent et qui m'ont permis de réaliser que je pouvais laisser mon soleil intérieur briller, enfin…

J'ai froid. Il est cinq heures du matin et j'attends de monter dans la voiture de Basil, direction la Normandie. Il m'emmène au fin fond de cette région que je me dis ne connaître que trop peu. C'est l'occasion de changer ça. En tout cas, je ne compte pas prendre le statut de copilote pour ce voyage et le lui fais savoir. Je n'ai quasiment pas dormi ; allez, deux heures et demie au mieux. C'est que j'ai la tête bien prise par le boulot. Encore plus que d'habitude. Le poste que je convoite peut marquer un nouveau tournant. Je pourrais m'éloigner un peu plus de mes jours de galère et ne plus jamais me retourner. Je pourrais prouver que je ne suis plus la fragile jeune femme qui se laissait écraser et parlait d'une petite voix timide. Bon, la liste est longue et c'est pour me la retirer de la tête que j'ai accepté la proposition de Basil. Mon cher Basil.

Dès mon entrée dans la voiture, je mets le chauffage à fond et je m'emmitoufle dans ma grosse écharpe en laine bleue. Tout de même soucieuse de mon chauffeur, je demande :
– Ça va aller pour la route ?
– Mais oui ! Tu sais, j'ai l'habitude avec les concerts. Tu peux dormir tranquille ma belle.
– Très bien. À dans deux heures.
En plus d'aimer conduire et d'avoir parcouru un nombre incalculable de kilomètres sur la route, Basil est un amateur, pour ne pas dire adorateur de sports en tout genre. Ce qui fait que le gaillard est plutôt endurant. Alors, j'en profite pour tenter d'atténuer ma fatigue.

Je m'endors, bercée par la chaleur de la voiture et par la conduite suave de mon ami. C'est comme si j'étais dans un cocon à bord d'un vaisseau spatial. Je ne sais pas pourquoi cette image farfelue me vient, mais c'est comme ça que je le vois. Ce sont des choses qui arrivent. Comme le fait de partir un weekend à l'improviste aux confins de la France pour aller chanter du Gospel. En même temps, ça faisait longtemps que je n'étais pas partie à l'aventure.

D'une certaine manière, c'est un bon prétexte pour raviver la flamme musicale que je laissais ardemment brûler quand j'étais enfant. J'ai l'impression que c'était dans une autre vie.

Me reviennent les sentiments qui s'exprimaient lorsque je chantais aux côtés de ma mère qui jouait du piano, en frappant les lamelles colorées de mon xylophone ou en battant le rythme des musiques qui passaient à la radio sur mes bongos... Les choses sérieuses de la vie ayant fait leur apparition, j'ai dû mettre tout ça de côté. C'est bien connu, les responsabilités du passage à l'ère *adulte* prennent souvent le pas sur les petits plaisirs de notre existence. C'est l'ordre des choses. En tout cas, c'est ainsi que l'on nous le présente. J'ai l'impression qu'il n'y a qu'un faible pourcentage de personnes qui vit de sa passion. Les plus audacieuses, les plus courageuses, comme mon Basil. Cela étant, je n'ai pas à me plaindre non plus. Je pense pouvoir affirmer que j'aime mon travail, les ascenseurs émotionnels, les challenges, l'adrénaline de la compétition. C'est juste différent. Je dois cependant avouer voir le temps que j'accorde aux choses qui me font vibrer être restreint un peu plus chaque jour. Et puis, avec cette promotion que je compte bien décrocher, ça ne risque pas de s'améliorer.

Bon, si j'ai accepté de participer à un évènement dont je ne sais rien, c'est pour penser à tout sauf au travail. Je ne doute pas que Basil y serait allé sans moi mais, il s'est trouvé que j'avais une ouverture au moment où il me l'a proposé. Ça ne peut pas me faire de mal. Peut-être qu'à force d'être submergée par le poids du quotidien, tout ce dont j'avais besoin, c'était cet exotisme.

J'ouvre les yeux et vois sur le GPS qu'il ne reste plus que 20 minutes de route.
– Bien dormi, Madame Tam-Tam ?
– Mieux que ce que j'aurais pensé. Je pense avoir rattrapé au moins une bonne heure de sommeil. C'est déjà ça.
– Tant mieux, dit Basil de tout son calme.

Alors qu'une éclaircie pointe le bout de son nez dans mon cerveau embrumé, je ne peux pas en dire autant de l'état du ciel. Lui est gris, de la pluie en tombe et du vent semble venir compléter cette joyeuse combinaison. Chouette ! Avec l'atmosphère de cette météo peu clémente, les maisons en brique rouge semblent sortir tout droit d'un film d'horreur. Je me demande alors si j'ai bien fait de sortir de ma zone de confort. Je me convaincs que ça va bien se passer. Oui, ça va bien se passer ! Malgré ça, mon corps se crispe de froid et j'ai du mal à apprécier la découverte de cette nouvelle terre.

Basil me regarde, le sourire en coin : il est sûrement en train de se fiche de moi. Ce n'est pas grave, lui, il a droit. Telle est notre manière de communiquer notre affection l'un pour l'autre.

– On la balance, histoire d'arriver réveillés ? Lance Basil avec enthousiasme.

– Parle pour moi... Mais oui, vas-y balance ! je lui réponds.

Il sélectionne la piste 12 de son disque gravé maison et hausse le son. *When The Saints Go Marching In* retentit. C'est un peu notre chanson à nous depuis le jour où il m'a annoncé qu'il faisait partie d'une chorale de Gospel. Bien-sûr, je l'ai charrié et cette chanson m'est venue en tête. Alors j'ai fredonné l'air et le reste est gravé dans la légende. N'empêche qu'elle me fait un sacré effet, cette chanson. Elle ne m'en ferait peut-être pas autant si je ne partageais pas ça avec Basil. J'attends qu'il chante les premiers mots avec toute la confiance du monde, puis j'ose sortir ma voix. Dans l'élan joyeux du moment, on se met à chanter de plus en plus fort, à rire et à s'amuser, comme si c'était l'ultime chanson qu'on chanterait ensemble. Me voilà boostée.

On arrive sur un parking. Basil laisse transparaître son habituelle sérénité. J'avoue avoir du mal à comprendre ce genre de nature humaine. Moi, j'ai le sang chaud en permanence... Et lui, il pourrait faire face à une avalanche sans laisser la panique le prendre. J'admire. Certains disent que ça se travaille. Je n'en suis pas convaincue. En même temps, ce n'est pas comme si j'avais essayé. Un jour, peut-être. Pour revenir à mon grand ami – autant dans le sens littéral que figuré –, il a ce sourire qui ne l'a pas quitté depuis le début du périple. Malgré mon envol au pays des rêves, je suis sure qu'il est resté scotché à ses lèvres, son sourire. Le même qu'un enfant qui s'apprête à ouvrir ses cadeaux de Noël. Difficile de rester de marbre quand on est à côté d'une personne dont les ondes véhiculent tant de chaleur. J'aimerais bien que ces mêmes ondes produisent de la vraie chaleur, moi qui sens déjà le froid me glacer les os tandis que j'approche ma main de la poignée de l'auto. À peine ai-je fini d'ouvrir la porte que Basil est déjà dehors. Le vent, quant à lui, n'aurait pas pu me faire meilleur accueil ! Bon, ce n'est pas comme si je m'étais levée une heure plus tôt pour me faire un brushing élégant. Allez ! Ça va bien se passer.

Je souffre un bon coup et me propulse hors de la voiture. Basil me regarde et rit de me voir toute recroquevillée.

– Tu préfères ma photo simple ou encadrée ?

– Encadrée, s'il vous plait, me répond-t-il avec assurance.

On échange un regard et, dans ces moments, on ne peut s'empêcher d'exploser de rire.

– T'es pas prête pour ce qui t'attend, toi !

– Tant qu'on est au chaud, je suis prête à me montrer intrépide, mon cher.

– P'tite nature va !

– Ah ! Tu connaissais les risques en m'embarquant avec toi.

– Mais la vie ne serait pas drôle sans une bonne prise de risque de temps à autre.

Il aimait bien sortir ce genre de phrases. J'avoue que j'avais quelques fois du mal à savoir s'il était sérieux ou non.

Je sors une cigarette avec hâte sans trop faire attention à mon entourage. Je peux être beaucoup de choses, mais une personne du matin, faut pas abuser. Cela étant, il faut avouer qu'aujourd'hui, c'est l'aventure. Qui plus est, avec mon bon Basil. Ça change la donne. Il y a quand même cette excitation qui se manifeste au fond. Je ne sais plus à quand remonte la dernière fois que j'ai éprouvé ça. J'emplis mes poumons de fumée de cigarette, mais pas seulement.

L'énergie débordante de Basil a beau déteindre sur moi, j'ai encore un peu la tête dans le brouillard. Et non, je ne remarque pas qu'on s'approche d'un gymnase. Mon cher ami s'est bien gardé de divulguer des infos sur l'évènement pour que la surprise n'en soit que plus belle. Comme il a bien fait ! Me connaissant, je me serais fait une image trop lointaine de la réalité qui s'apprêtait à me frapper. Tout ce que je sais à ce stade, c'est qu'on va chanter à un festival de Gospel.

Le gymnase est gigantesque. Assez gigantesque pour y installer une scène câblée et prête à être éclairée de ces projecteurs qui mettent parfois en lumière de grands moments. Une scène de concert dans un gymnase. Pourquoi pas. En tout cas, c'est très pro tout ça. Les techniciens font les derniers réglages, tandis que nous découvrons   l'endroit.

– Viens, je vais te présenter aux gens de la chorale, me dit Basil.

Nous descendons les gradins et arrivons sur un grand espace où ont été installées des chaises pour le public. Tout le monde s'enlace, rit, sourit. Ça met tout de suite à l'aise. Je prends plaisir à constater que le gymnase est bien chauffé. Mais ce n'est rien comparé à la chaleur qui se dégage de ces étrangers.

Un groupe s'exclame à l'approche de Basil. C'est presque bizarre de voir autant de gens heureux d'un coup. En tout cas, moi je ne suis pas habituée. J'aimerais bien que mon entourage soit plus comme ça. Qu'il dégage ce truc-là. Authentique. À part Basil et un ou deux copains de la bande, je n'ai pas autant de connaissances qui transpirent la joie de vivre.

Basil me présente et on m'accueille à bras ouverts, comme si je faisais partie de la famille. C'est agréable. Ils s'intéressent tout de suite à moi. Mais d'un vrai intérêt. Il m'avait dit qu'ils étaient sympas. Plutôt soft niveau adjectif, je trouve. Bon, quelque part, mieux vaut rester soft et être agréablement surpris que survendre et être déçu.

Les musiciens commencent à se placer. Y a un sacré set. Sans mauvais jeu de mot par rapport à l'histoire de Gospel. Mais, sans rire, ce n'est pas forcément ce qu'on s'imagine quand les mots « concert » et « Gospel » sont associés. Pour ne pas réduire les croyances populaires à ma personne, ce n'est pas ce que j'imaginais. Je me rends compte à quel point l'image de personnes de couleur en toge qui tapent des mains à l'église est clichée. Celle que j'avais. Je me prends en pleine face une réalité bien différente de celle que je projetais. Ça me ravit. Et toc ! Des personnes de tous âges, tous horizons, toutes croyances et toutes identités se sont réunies pour chanter ensemble ce weekend et former un groupe unique. Je témoigne d'un de ces moments de la vie. Un de ceux qui ouvrent une brèche dans la monotonie d'une vie trop régularisée. Ça fait quelque chose.

Impossible de ne pas remarquer l'orgue Hammond qui trône au milieu de la scène. Le voir s'animer sous les membres d'une grande dame, ça sera pour plus tard. Derrière lui, un synthé rouge, à ma droite, une batterie et une basse, à ma gauche, une guitare et une percussion qui répond au nom de balafon. Il faut s'imaginer un xylophone en bois amplifié par des calebasses. Mais ce qu'il faut surtout s'imaginer, ce sont les musiques d'Afrique occidentale qui bercent nos oreilles de doux sons apaisants. Et là, on a le balafon. Sans oublier les marches qui n'attendent que de porter les choristes.

Un rire grave arrache mon attention. Grave en termes de sonorité. Mais, vraiment bien grave. On dirait qu'il sort tout droit de la bouche du méchant personnage d'un conte pour enfants. Un grand homme s'approche de la scène. Il regarde autour de lui et acquiesce comme s'il validait les lieux et le set sacré. Ah non, c'était le sacré set. Qu'importe. Une organisatrice va à sa rencontre et je l'entends l'informer du début imminent de la masterclass. Je ne parviens pas à décoder la réponse du grand homme, tant je suis troublée par son timbre de voix. Il se poste en bas de la scène et annonce le début de l'échauffement. Tout le monde se place. Avec Basil et un petit groupe, on pose nos affaires sur les chaises installées et on attend le début. Parmi mes nouveaux copains : Marc et Nina qui viennent de la ville d'à côté. Je n'ai pas osé penser village, même s'il y a de fortes chances pour que ce soit le cas. Il n'y a rien de dégradant à ça. Juste que je ne veux pas incarner la fille de la capitale qui est mieux que tout le monde. Je pense en être bien loin. Nina mange son dernier quartier de mandarine et enchaîne.
– On ne rate jamais le festival depuis qu'on l'a découvert, dit-elle en regardant son Marc, les yeux pétillants.
– Et vous l'avez découvert quand ? dis-je.
– Ça doit faire pas loin de 12 ans, je crois. C'est bien ça ? interrogea Marc.
– Oui c'est ça. Depuis que le festival existe, en fait.
– Mais c'est vrai que les masterclass comme ça, c'est assez récent.
– Oui et c'est top, tu vas voir ! s'exclame Nina.

Je trouve ce dévouement admirable. Il ne me semble pas avoir déjà été aussi fidèle à quoi que ce soit, si ce n'est à mon job. Peut-être que je n'ai pas encore trouvé ce qui me fait autant vibrer. En tout cas, les deux d'en face n'ont pas de mal à communiquer leurs vibrations. Et puis ils ont cette complicité-là que je trouve aussi pure que rare dans un couple. Difficile à décrire, mais c'est comme une évidence quand ils se regardent. Sûr que ça doit rajouter un bon coup de vibration au duo gagnant. À ce moment, je regarde Basil et trouve que notre duo aussi est gagnant, d'une autre façon. Basil n'a pas le temps de me sourire que le grand homme à la voix grave ouvre le bal de la masterclass.

– Bonjour à toutes, bonjour à tous !

– Bonjour ! répond le chœur en chœur.

– Je m'appelle Dominique, je suis coach vocal et chanteur lyrique. J'ai la chance de pouvoir apporter ma contribution à ce festival aujourd'hui en échauffant vos voix avec une série d'exercices. La première chose à intégrer en tant que chanteurs et chanteuses, ce sont les trois I. Ce que vous êtes. Je m'explique. Le premier I, c'est pour « instrument ». Vous êtes un instrument de musique à part entière, vos cordes vocales sont un instrument, et il est important d'en prendre conscience. Comme n'importe quel autre instrument, une guitare, un saxophone... il faut en prendre soin et, par conséquent, prendre soin de vous. Le deuxième I fait référence à l'instrumentiste que vous êtes. Personne ne peut utiliser votre instrument à votre place. Et, bien-sûr, cela requiert de la technique et de l'expérience afin de maîtriser votre instrument et d'en jouer avec liberté. Pour finir, le dernier I désigne l'interprète. Pour faire vivre votre voix, il faut y ajouter l'émotion. C'est ça qui va venir donner à votre instrument sa singularité, c'est ce qui va faire que vous allez raconter une histoire et la partager avec le monde qui vous écoute. Voilà. Gardez bien ces trois I en tête. On va débuter avec un exercice de respiration.

Ça, c'est de l'intro ! J'avoue qu'il m'a fallu un petit temps d'adaptation pour me faire à sa voix. Et malgré toute la sympathie qu'il dégage, j'ai dû voir trop de contes avec des grosses voix de méchant, parce que mon sentiment de gêne n'est parti qu'après un petit moment. Dominique continue avec ses exercices, dont plusieurs sont censés déclencher un bâillement. Il s'arrête d'ailleurs pour nous faire remarquer que si l'on ne baille pas, c'est qu'on ne fait pas l'exercice à fond. Je n'ai pas baillé. Allez, je ne suis pas venue ici pour faire les choses à moitié. Ce n'est d'ailleurs pas dans ma nature. La preuve, je m'apprête à décrocher ce poste parce que je me suis toujours donnée à fond. Après, c'est vrai que ce n'est pas tout à fait le même cas de figure. C'est plus intime, ici. Je dis ça, mais je n'en suis qu'à l'échauffement... Ce n'est pas tous les jours, alors je fais le truc à fond comme tout le monde. Ou du moins, une partie du monde.

Du coin de l'œil, je vois s'approcher un homme, environ ma taille, tout vêtu de cuir, à l'exception de son pull en dessous de son veston. Il dégage un truc que seuls les artistes dégagent. Une énergie qui intimide autant qu'elle suscite l'admiration. J'en mets ma main à couper en dés que c'est le prochain intervenant. Toujours en retrait, il interpelle Dominique et le prévient qu'il n'a plus que cinq minutes avant le roulement. Je le savais ! On sent que ces deux-là se connaissent bien à la façon dont ils se parlent et dont ils laissent s'échapper des rires que seule une véritable amitié peut créer.

Dominique termine avec un dernier exercice. Je tiens à préciser que, juste après son court échange avec l'autre intervenant, j'ai tellement baillé que j'en ai presque été gênée. Presque. C'est ce qu'il faut. On termine le mouvement et il nous remercie de notre présence et de notre implication. « Je vous laisse entre de bonnes mains », déclare-t-il. Nous l'applaudissons pour lui retourner ses remerciements. Il nous informe que nous avons une pause de dix minutes avant de passer à la suite et le groupe se dissipe.

Basil et moi marchons vers la salle où de grandes tables ont été alignées pour y poser nourriture et boissons. On se prend un petit café pour celer l'échauffement de la machine. Je demande :
– C'était ton prof, celui qui est venu échanger avec Dominique ?
– Non, non. Lui, c'est Louis. Je ne le connais pas personnellement, mais je sais qu'il a participé à une émission de chant sur la Une.
– Ah, sympa. C'est chouette qu'il soit là. Je ne sais pas à quel point sa notoriété a grandi après l'émission mais j'imagine que ça a dû lui donner un bon coup de boost.
– Oui, c'est sûr. Mais, tu sais, notoriété ou pas, ici c'est une famille. Je ne veux pas dire de bêtises mais il me semble que Louis est impliqué dans le festival depuis sa création. Il n'a jamais rien fait passer avant.

Encore une autre personne qui atteste d'un dévouement qui me dépasse. Mais tant mieux. Si notre Terre comptait plus de personnes qui partagent leur temps et leur cœur sans compter, les choses seraient bien différentes. Tout d'un coup, je me rappelle le nombre de fois où j'ai annulé des rendez-vous avec des potes ou des sorties en famille pour faire passer le boulot d'abord. Pendant une seconde, j'ai l'impression d'être une imposture au milieu de ces gens.

Non, il ne faut pas que je m'y mette. Sinon je vais passer à côté de ce festival et là, tout de suite, c'est bien la dernière chose dont j'ai envie. J'ai aimé me prendre au jeu des exercices d'échauffement et j'ai hâte de tout donner pour la suite.

On se dirige vers la scène, tandis que Gloria, une ancienne de la chorale, nous raconte son périple pour arriver jusqu'ici. Tout le monde éclate de rire, moi comprise. Malgré la hâte de renter dans le dur de la masterclass, nos pas se font lents et on sent bien que les gens veulent étirer ce moment de partage jusqu'à... « En place, s'il vous plaît ! », s'exclame le monsieur tout de cuir vêtu. Cette fois, les stagiaires montent sur scène et se placent sur les marches qui leur sont destinées. « Voilà mon prof, Etienne », m'informe Basil alors qu'un homme plein d'énergie atterrit sur la scène d'un bond. Ok... On n'a manifestement pas eu droit au même petit déjeuner. Bon, j'exagère. La fatigue m'a quittée après avoir bu mon dernier café et être montée sur scène. Ça faisait bien longtemps que je n'avais pas pris ce genre de hauteur. Toujours est-il que je ne suis pas montée sur ressorts comme ce fameux Etienne l'est. En plus de ça, il a vraiment une bonne bouille. C'est le genre de personnes qui doit se faire harceler par des passants perdus dans la rue. Mais quelque chose me dit qu'il les guide avec joie. Alors que je suis en train d'imaginer la vie de cet inconnu solaire, sa voix
roque et saisissante détonne.
– Bonjour, bonjour ! Et bienvenue à la masterclass de ce festival de Gospel. Pour celles et ceux qui ne me connaissent pas, je m'appelle Etienne et suis chef de chœur de la chorale Street Gospel à Paris.

À cet instant, Basil et ses compagnons ne manquent pas de manifester leur fierté d'appartenir à ladite chorale avec toutes sortes de sifflements et de cris. C'est là que le rire d'Etienne me transperce. Un rire d'enfant projeté par le corps d'un homme. Assez dingue.
– Je vois qu'il y en a qui sont d'attaque ! Avec Louis, nous allons vous accompagner dans le bel univers qu'est celui du Gospel. Un style musical d'espoir et de partage, qui a permis aux esclaves afro-américains de remporter de grandes victoires. Aujourd'hui, le Gospel continue d'exercer sa force en permettant à quiconque de se dépasser.
Etienne se tourne vers Louis et lui cède la parole en tendant la

main dans sa direction.
– Bonjour tout le monde. Merci d'avoir répondu présents et présentes
à cet évènement.

Il accentue le pronom féminin comme pour faire savoir qu'ici, les dames ne risquent pas d'être oubliées. Quand Louis souligne le mot *présentes,* je me sens en sécurité. Ça paraît un peu dingue vu que je ne le connais pas et que je ne l'ai entendu dire que trois phrases à tout casser. Mais cela n'empêche que ça me fait cet effet-là. Je regarde autour de moi et remarque à quel point les gens sont attentifs. Ils boivent les paroles des intervenants et, à les voir, certains et certaines en prendraient bien tous les jours en guise de vitamines. Bref. Pour en revenir
à son speech :
– Nous allons vous apprendre deux chansons chacun aujourd'hui. Chansons que nous chanterons en première partie du concert de la marraine du festival ce soir.

Je zyeute mes amis choristes. Personne n'a l'air choqué. Si, une ou deux personnes dans le fond qui m'ont l'air un peu à l'ouest. Mais, mis à part les exceptions qui confirment la règle, il faut croire que je suis bien la seule à n'avoir eu aucune info sur le déroulé de ce festival. Mes yeux croisent ceux de Basil. C'est comme s'il attendait que je regarde dans sa direction. À vrai dire, c'est évident, il attendait. Je le vois rire. Pas un mot ne sort de sa bouche, pourtant son regard dit : « Eh oui, ma vieille ». Ça me va, j'aime les défis et il le sait. C'est bien pour ça que j'en ai fait mon métier. D'ailleurs, je trouve l'attention touchante. Voilà une personne qui sait combler ses amis. Et de toute manière, quand on chante dans un chœur, on ne prend pas trop de risques. En tout cas, c'est ce que je me dis à ce moment-là. Il n'est pas non plus question de bâcler l'affaire et de se reposer sur les voisins. Mais ce n'est pas comme si je me lançais dans un solo...

Louis nous regroupe par sections de voix : soprano, alto, ténor et basse. Moi, je ne sais pas qui je suis. Enfin, quelle est ma voix. Je regarde Basil et il entrevoit tout de suite le désespoir qui emplit   mes   yeux.

– D'après tes superbes prestations sur *When The Saint*s, je dirais que tu es plutôt soprano. Ils te changeront de section si je me trompe.
– Ça marche. À toute, Basil.
– Amuse toi bien, Tam-Tam !

Je serais bien étonnée s'ils arrivaient à distinguer ma voix parmi toutes les autres. Mais bon, ce sont des pros après tout. J'écoute mon cher Basil et rejoins la section la plus à droite. Me voilà vite mise en confiance par les gens qui m'entourent. Non pas que j'aie du mal à m'approcher de nouvelles personnes, au contraire. Mais ça provoque toujours une petite accélération du palpitant quand on sort de sa zone de confort. Dans ce cas précis, quand on se retrouve au milieu d'inconnus. J'aperçois la Gloria de tout à l'heure qui nous comptait son fameux périple. Elle a dû changer la roue arrière de sa voiture au bord d'une départementale déserte. Comme par hasard, une voiture est passée au moment où un coup de vent lui a soulevé la jupe. Ça n'a pas manqué de faire klaxonner les chanceux passagers. J'avoue encore rigoler intérieurement quand je la vois venir vers moi. Gloria me demande avec un grand sourire comment je m'appelle, ce à quoi j'ai le temps de répondre « Tamara », juste avant d'entendre des notes de musique résonner.

Louis est assis au synthé et il pianote, comme s'il jouait pour lui. Cela atténue les conversations sans même qu'il n'ait rien dit. Je l'observe avec attention. Il y a quelque chose de mystique et d'infiniment profond qui se dégage de son être quand il joue. En tout cas, c'est ce que je capte à cet instant. J'ai du mal à distinguer s'il a les yeux ouverts ou fermés. Je ne sais pas non plus s'il pense à quelque chose, à quelqu'un ou s'il est dans le ressenti. C'est fort. Malgré les eaux de la finance dans lesquelles je suis la plupart du temps immergée, malgré les requins impersonnels auxquels je fais habituellement face, ma grande sensibilité ne m'a pas encore totalement été dérobée. Et je pense qu'elle ne le sera jamais. C'est la raison pour laquelle ça en étonne plus d'un que je travaille dans ce milieu. Parce que je ne corresponds pas au modèle-type de la banquière. Eh bien, tant pis pour celles et ceux qui ne voient pas au-delà des modèles types et autres moules dans lesquels on préfère caser les gens par peur de faire face à une différence qui les dépasse. Je suis la première à penser qu'on peut être aussi impitoyable en affaires, quand cela est nécessaire, que pleine de compassion par

ailleurs. Tout ça pour dire que ce que Louis expose au monde quand il joue, quand il est lui, c'est puissant. Et je le ressens.
– *Sailing on the Sea of Your Love*. Je navigue sur l'océan de ton amour… On commence avec un thème universel, mais pas toujours facile à aborder, dit Louis.

Il marque un silence tandis qu'il continue de jouer du synthé, naviguant à travers ses propres pensées.

– Malgré la force et la lumière de l'amour, on peut en souffrir. Beaucoup. J'ai moi-même beaucoup souffert d'avoir ouvert mon cœur. Et même si je ne l'ouvre plus comme avant, quand je chante, mon cœur est dans ce que je fais. Sans limitation. Heureusement, la musique est un medium qui allège et élève. C'est pourquoi, chers choristes, je vous demande de chanter avec tout votre cœur. Pensez à une personne, votre mère, votre ami, votre amour, et chantez-lui cette chanson. Dominique vous a parlé du troisième I pour l'interprétation. Nous y voilà. Offrez votre cœur à celles et ceux qui viennent vous écouter.

Il faut oser parler de soi sans filtre à des inconnus comme ça. Ou alors ne pas avoir peur de ce qu'on peut penser de nous. L'un comme l'autre, je n'en serais pas capable. Quelque chose me dit que je ne suis pas une exception. Ça se saurait si la majorité des gens pouvaient partager des choses intimes aussi librement. On n'en serait pas là à jouer des rôles et à se voiler la face. Déjà, il faudrait commencer par se connaître comme Louis, Etienne et même Basil se connaissent. Des artistes. J'ai le sentiment qu'on est obligé de passer par là quand on veut être authentique dans son art. Et dans la vie. En même temps, c'est logique. Je me demande si je me connais vraiment. Ce n'est pas toujours facile. Ou peut-être qu'on nous fait croire que ça ne l'est pas. Mais quand on voit des personnes comme ça, dégager ce qu'ils dégagent, ça donne envie. C'est comme si rien ne pouvait leur arriver.

Il joue et chante une première fois la chanson en entier. En effet, il y met son cœur et ça fait son effet. J'écoute avec attention les paroles que je trouve très belles. Malgré ça, je me dis que c'est assez mielleux. Je navigue sur l'océan de ton amour. Bon. Mais quand

Louis le fait, ça en jette. J'espère que ça donnera la même chose avec nous.

Je comprends son intention de nous avoir séparés en sections quand il donne une mélodie différente à chaque groupe. Il fait d'abord chanter les alti, puis les ténors et les basses ensemble, pour finir par les soprani. C'est très intéressant d'assister au processus de la sorte. Après chaque indication qu'il donne, on peut vraiment entendre l'évolution du chœur. Je trouve que ça rend bien quand les sections chantent en étant isolées. Mais quand vient le moment de les rassembler, là, oui, ça en jette. Et cerise sur le gâteau : une fois que tous les choristes ont bien intégré le texte et la mélodie, il fait signe aux musiciens de jouer. À ce moment, il se passe quelque chose d'extraordinaire. Et ceux qui sont présents peuvent en témoigner, je ne pèse pas mes mots. Une folle énergie me traverse et ça monte, ça monte... Comme une transe partagée, une osmose palpable. Ça se répand comme un feu de forêt en pleine canicule. Quelque chose qu'on ne peut pas comprendre tant qu'on ne l'a pas vécu.

Je retire ce que je pensais plus tôt : rien de mielleux là-dedans. Quand on vit l'instant comme chaque personne sur cette scène, ça transcende la dimension risible, décalée, et on atteint l'essentiel. C'est ce qu'il se passe. J'ai du mal à y croire. Mon regard se pose sur Basil qui, à l'autre bout de la scène, a un sourire aussi radieux que l'énergie qu'il dégage. Ce n'est pas rien de le voir comme ça, dans son élément. J'aime ce que je vois. Quel homme talentueux celui-là aussi. J'ai tendance à l'oublier. Du moins, je ne m'en rends pas forcément compte. Nul n'est prophète en son pays. Lorsque la chanson atteint le sommet du crescendo, Louis fait un signe de la main et tout le monde s'arrête à la fin de la mesure. La musique et son langage... C'est magique.

Une pause d'une dizaine de minutes nous est accordée. Je regarde mon téléphone et vois qu'une heure et demie s'est écoulée depuis que Louis a pris le relai. Le temps s'échappe. Je marche sans direction précise et croise le chemin de Basil. J'ai un trop plein de quelque chose en moi qui ne peut être allégé qu'en le prenant dans mes bras. En tout cas, à ce moment, c'est comme ça que je le ressens. En effet, ça fait du bien.
– C'est pas rien, ton week-end de Gospel... Merci Basil.

– Ah ne me remercie pas maintenant. T'es loin d'être au bout de tes surprises !

– J'espère bien, dis-je avec enthousiasme. Ça va, je ne te manque pas trop à l'autre bout de la scène ?

– Écoute, on fait avec ce qu'on a. Et puis, je suis rassuré de voir que tu t'es fait des copines.

– Oui, Gloria et les autres sont adorables. C'est cool de découvrir ton univers, depuis le temps que tu m'en parles. Je suis désolée de ne pas m'être rendue dispo avant.

– T'en fais pas, Tam-Tam. C'est que ça ne devait pas se faire avant, c'est tout, dit-il, conciliant.

– Oui sûrement... Bon, ça m'a donné chaud tout ça !

J'ôte mon pull et le dépose sur la chaise où j'ai laissé le reste de mes affaires. C'est en sautillant que je rejoins Basil et deux personnes avec qui il discute. Ils lui disent l'avoir vu en concert et l'avoir trouvé super. À la suite de quoi ils le submergent de questions quant à son parcours, sa présence au festival, et j'en passe. Je reste là à écouter et m'amuse de voir Basil un peu gêné devant les compliments qu'on lui fait. C'est drôle. Ah ! Le voilà qui rougit. Qu'il est mignon. Je crois que c'est la première fois que je l'entends parler de sa vie de musicien à des inconnus. Je constate à quel point il reste modeste dans sa manière de se raconter. À sa place, j'en balancerais beaucoup plus. Enfin, il a quand même joué aux côtés de grands noms et il croule sous les propositions. Personnellement, quand je parle de lui à mes collègues ou à mes amis, je ne manque pas de donner tous les détails. Quelque part, je me rends compte que c'est pour me mettre en avant... Ça me frappe, sur le coup. Alors que je l'entends parler de son parcours incroyable avec simplicité et sans une once de prétention, je me sens nulle et baisse les yeux.

– Et voici mon amie Tamara, qui m'honore de sa présence pendant le festival, dit Basil.

– Enchantée, Tamara, me dit la jeune femme.

Je relève la tête et m'empresse de retrouver mon sourire. Je réponds dans la hâte, comme prise en flagrant délit. Forcément, ma réponse sonne faux. Je décèle de l'interrogation dans le regard de Basil. Heureusement que le jeune homme à la casquette blanche embraye.

– Vous en avez de la chance, de côtoyer un tel musicien, me dit-il.

– Oui, ça, c'est le moins qu'on puisse dire, dis-je, timide.

– Bon, allez, on ne va pas vous enquiquiner plus longtemps. À plus tard.

Les deux repartent. À peine ont-ils fait trois pas qu'ils laissent exploser la joie dont cette rencontre les a teintés. Basil les regarde, le sourire aux lèvres, avant de se tourner vers moi et de laisser place à l'inquiétude.

– Qu'est-ce qui se passe ? J'ai dit quelque chose ?

– Oh mais non ! T'est fou toi. C'est moi... Juste, je viens de penser à la réponse pour le post.

– Ma Tam-Tam. Je comprends que ça te travaille. Mais t'inquiète. On va profiter comme il faut de ce moment et tu n'y penseras plus.

– T'as raison. Allons-y.

C'est pas facile de lui avouer la cause de mon étourdissement. « C'est juste que j'utilise ton talent pour me valoriser auprès des autres et je viens de m'en rendre compte. Du coup je me dégoute un peu. » Assez délicat de déclarer ça à son meilleur ami. Même si ça me fait mal de l'avouer, il a raison. Je vais tâcher de profiter de ce moment à nous. Parce qu'entre ses tournées et mon job qui me plonge souvent la tête sous l'eau, c'est difficile, voire quasi-impossible de passer plus de deux heures dans la même pièce que lui.

La musique reprend de plus belle. C'est au tour d'Etienne, le chef de chœur de la chorale de Basil, de prendre les rênes. Du coin de l'œil, je peux déjà voir le personnage vibrer de toute son énergie. Il s'assoit au synthé et attend que les choristes soient revenus sur scène.

– So, so, so! On va commencer avec une chanson qui s'appelle *Get On Board*. Elle invite quiconque à monter à bord du grand train de la vie. Pour d'autres, il peut s'agir de l'arche de Noé. À chacun sa lecture. L'essentiel, c'est de savoir qu'il n'est jamais trop tard pour trouver notre voie. Que quoi qu'il arrive, nous aurons des frères et des sœurs à nos côtés, au cours de cette aventure qui nous est propre. Il y a de la place pour tout le monde. Nous sommes toutes et tous invités à monter à bord. *Get on board, get on board, there's room for many and more.*

J'ai l'impression d'entendre Martin Luther King parler. Non mais, sans blague. Il a cette même intonation de voix, cette conviction qui capte notre attention avec poigne. Je jubile en tant qu'observatrice. Et pour revenir au fond de son discours, « À chacun sa lecture » a retenu mon attention. Je ne suis pas religieuse, mais je sais que beaucoup de personnes ici le sont. Malgré nos différentes convictions, cet homme arrive à nous atteindre de façon égale. C'est de l'ouverture spirituelle. Untel a beau croire en un dieu et untel en un autre, l'essence du message passé est la même. J'arrive assez vite à m'en rendre compte car je me suis intéressée à la littératie religieuse ces derniers temps. C'est qu'avec la mondialisation, notre contact avec différentes cultures n'a jamais été aussi important. Et je trouve ça d'autant plus important de comprendre, ou du moins d'essayer de comprendre les idéologies de l'autre. Histoire d'être humain.

La méthode d'Etienne diffère de celle de Louis en plusieurs points. Déjà, il n'axe par le travail section par section comme son prédécesseur. Il nous donne les mélodies, on les répète une ou deux fois, après quoi il fait chanter l'ensemble des choristes. Les musiciens entrent en scène plus tôt. Quant à Etienne, il joue au clavier et nous dirige avec un bonheur indescriptible. Je prends plaisir à comparer ces deux artistes qui dégagent chacun à leur manière une grande sensibilité à la musique.

Comme pour *Sailing on the Sea of Your Love*, l'énergie monte et ne semble pas connaître de limite. Jusqu'à ce qu'on la détermine. On passe à la suite.
– Le Gospel puise sa force dans l'espoir. D'ailleurs, Gospel signifie Évangile, qui étymologiquement veut dire bonne nouvelle. Un espoir qui a surgi tandis que les esclaves afro-américains traversaient des temps difficiles. Avec le traitement qui leur était infligé, ils n'avaient pas 100 % de leur capacité quand ils chantaient dans les champs de coton, ni même 70 %, ni même 20 % mais un seul pourcent. L'origine de la puissance de ce chant, c'est qu'avec ce seul petit pourcent, ils se donnaient à 200 %. Et c'est ça, le Gospel. Avoir conscience que nous ne sommes pas grand-chose, mais donner tout du peu qu'on a.
Je ne suis pas d'accord avec ce qu'il dit, peut-être bien pour la première fois depuis le début de la masterclass. Comment ça, nous ne sommes pas grand-chose ? Je suis assez confiante pour dire que je suis
quelque chose. Peut-être que je ne comprends pas bien ce qu'il essaie de dire, là. Mais, tout de même. On parle la même langue, à ce que je sache. Je suis d'accord sur le fait de tout donner, mais la première

partie de la phrase me dérange. Ça éveille en moi quelques sentiments négatifs. Sur le coup, je me remémore mes accomplissements personnels et professionnels. Et clairement, je suis quelque chose. Et pas qu'un peu ! Je tâche d'écouter la suite. Mais il a perdu des points. Dommage pour lui.

– D'où la prochaine chanson : *This Little Light of Mine.*Elle parle de la petite lumière que l'on possède toutes et tous. Une petite lumière que l'on a tendance à mépriser, parce qu'on ne se croit pas assez fort, pas assez courageux, ou encore parce qu'on pense ne pas arriver à la cheville d'untel. Mais non. Il faut croire en votre petite lumière, et la laisser briller pour qu'avec le temps, elle grandisse en une flamme qui réchauffe les cœurs. *This little light of mine I'm gonna let it shine.* Okay, on y va !

J'ai toujours une espèce de rancœur qui me pèse. Mais je m'efforce tant bien que mal de me laisser guider par la deuxième partie de sa phrase : tout donner. On y va, alors j'y vais.

La musique a le don de faire passer tous nos tracas en arrière-plan. Je me rends compte que c'est la raison pour laquelle j'aimais tant me défouler sur toutes sortes de percussions quand j'étais gamine. J'ai même fait un peu de scène. Ça m'aidait à ne pas ressasser la vision de mon père qui rend son dernier souffle à l'hôpital. J'étais super jeune. Je m'y suis faite, depuis le temps. Ça arrive. Aucun doute sur le fait qu'il aurait adoré assister à ce festival. Mon envie de tout donner devient surpuissante. Je laisse briller ma petite lumière pour lui.

J'aperçois la dame qui a informé Dominique du début de la masterclass un peu plus tôt. Elle s'approche à grands pas de la scène et elle s'arrête derrière Etienne.
– Etienne ! s'exclame-t-elle.

Il se retourne tandis que la chorale continue de chanter et que les musiciens continuent de groover. Curieuse comme je suis, je tends l'oreille pour capter ce qu'il se dit.
– N'oublie pas que ce sont des êtres humains et qu'ils ont besoin de manger !

Etienne regarde son téléphone et porte ses mains à sa tête d'un geste de désolation. Il se remet au synthé et nous emmène sur la fin de la chanson rien qu'à la façon dont il joue. Une fois de plus, nul besoin de mettre des mots, c'est la musique qui parle. Il se met à rigoler.

– Je n'ai pas vu l'heure passer !

– Ça lui arrive un peu trop souvent quand il fait de la musique, dit l'organisatrice.

– Heureusement que Rose est là pour me recadrer ! Vous pouvez la remercier.

– Merci Rose !

– Merci à vous, les amis. C'est super ce que vous faites, continuez comme ça ! dit-elle.

– Allez, je vous libère ! s'exclame Etienne. Vous avez une heure et demie de pause avant qu'on ne se retrouve. Bon appétit !

Il en a de la chance. Ce n'est pas tout le monde qui peut affirmer vivre de sa passion et ne pas voir le temps passer. J'ai beau apprécier ce que je fais, il m'arrive souvent de faire le fameux compte à rebours jusqu'à la fin de mes journées. Ce bougre-là n'attend clairement pas après le temps qui passe. Le monde danserait sur un tout autre rythme s'il voyait sa piste animée par plus de gens passionnés.

Je cherche Basil et l'aperçois en train de discuter avec une petite blonde toute mimi. Elle parle avec beaucoup d'enthousiasme. Il m'arrive parfois de me demander comment il n'a pas encore trouvé de femme avec qui partager sa vie. C'est vraiment une personne en or : beau garçon, sensible, drôle, à l'écoute, doué à souhait. Il en est presque trop parfait. Après, le fait d'être un musicien sur la route ne doit pas faciliter les choses niveau relations. Mais tout est possible. En tout cas, il y a l'air de se passer quelque chose avec la petite blonde. C'est tout ce que je lui souhaite. En attendant, je me dirige vers la salle du fond et papote avec la dame qui s'occupe de préparer la nourriture et d'en garnir les tables.

– Ça a l'air super tout ça, madame, merci ! lui dis-je.

– C'est gentil ! Il faut bien nourrir nos choristes, ajoute-t-elle avec un beau sourire.

– Tu as intérêt à avoir des provisions, Monique ! On ne dirait pas comme ça, mais cette jeune femme cache plusieurs estomacs, dit Basil, sorti de nulle part.

– Ça, pour des provisions, on a de quoi faire !

Je me retourne vers Basil et lui fais un magnifique sourire, aussi authentique que la vraie dent de requin blanc faite en résine de Brice de Nice.

– Toujours le mot pour rire toi ! Comment ça va avec boucle d'or ?

– Ashley ? Ça va. Qu'est-ce que t'insinues avec ton petit air ?

– C'est bon, Basil, c'est pas à moi que tu vas la faire, quand même ?

– C'est juste une fille du coin avec qui j'ai fait une masterclass il y a deux, trois ans, dit-il.

– Elle est mignonne. Tu devrais l'inviter à prendre un verre ! En plus elle a l'air bien fan de toi. Bon, comme tout le monde ici, tu me diras.

– Ouais, pourquoi pas. Après, je t'avoue que ce n'est pas ma préoccupation principale.

– Sait-on jamais...

– Bon, on attaque ? dit-il en se retournant d'un coup vers le buffet.

Il me tend une assiette et hop. Une variété de mets s'offre à nous. Côté français, on a les quiches bien connues de ce genre de buffet, les cakes salés et autres salades composées. Il y a aussi des plats traditionnels africains, originaires pour la plupart du Cameroun, comme le ndolè accompagné de ses bâtons de manioc. Je suis ravie de découvrir cette nourriture qui ne fait que rajouter de l'exotisme à ce voyage déjà haut en couleur.

On s'assoit à une table à côté d'Etienne. Basil me présente à lui dans les règles de l'art. On entame alors une discussion autour de mon parcours et du sien, en toute simplicité. Je me rends compte à quel point c'est agréable de rester simple. Je me sens à l'aise et reposée. C'est presque comme si j'étais dans un état second. Toutefois, il y a une chose qui m'incommode et dont je n'ose pas parler. Il faut bien que ça s'équilibre. Les bâtons de manioc ont une odeur qui ne me revient pas. Je n'imagine même pas comment ça doit être en bouche. Ça me donne mal au cœur. Mais je reste de marbre et fais de cet élément dérangeant un détail. À un moment, Etienne constate que je mange le ndolè sans manioc et il me propose de goûter. Ça aurait pu être le point de rupture. Je refuse poliment et me contente de ce que j'ai dans mon assiette. C'est très bien comme ça. D'habitude, je suis plus aventurière que ça. Mais là, ce n'est juste pas possible. Et puis, je ne me vois pas recracher son bâton de manioc après qu'il me l'a gentiment proposé. Ou pire encore... Passons. Etienne me demande :

– Tu as déjà joué d'un instrument ?

– Quand j'étais petite j'aimais beaucoup la percussion. Je passais mon temps à taper sur tout ce qui me passait sous la main.

– D'où son surnom : Tam-Tam, s'empresse d'ajouter Basil, tout content.

– Et après ? Tu n'as plus aimé ça ? m'interroge Etienne.

– Oh, vous savez... les choses de la vie m'ont écartée de cette voie. Je n'ai plus trop le temps.

– Tu veux dire que tu ne le prends plus, dit Basil d'un petit ton chagriné.

– Oui, Basil. Faut bien payer les factures et je n'ai pas ton talent, ni le vôtre, Etienne. J'aurais peine à en faire mon métier. Et puis je n'ai pas à me plaindre, j'aime beaucoup ce que je fais.

Etienne me regarde avec attention. Il est loin de me fixer, ou d'éveiller en moi de la gêne. Il est juste là, avec son air curieux et plein de compassion. C'est rare, les personnes qui m'écoutent avec autant de profondeur. J'aurais pu dire n'importe quoi, je suis convaincue qu'il en aurait été autant touché. Ça doit être ça de s'intéresser à son prochain sans faire semblant, sans réfléchir à ce qu'on va pouvoir répondre avant qu'il n'ait fini de parler.

– Tu as bien fait de venir, me dit Etienne.

– J'aurais regretté d'avoir raté ça. C'est incroyable ce que vous faites. Votre musicalité et où vous arrivez à emmener les gens, vous et votre collègue. On voit que vous êtes complices depuis longtemps.

Sur mes derniers mots, Etienne se met à rire, sans aucune retenue.

– Vas pas t'étouffer hein, dit Basil.

– La complicité, tu veux dire avec Louis ? demande Etienne. C'est drôle que tu dises ça. Parce qu'on s'est rencontrés hier matin.

Là, je tombe des nues. On poursuit le repas. Basil, Etienne et nos voisins de table continuent de converser sur la musique et se racontent diverses expériences de concert. C'est si riche. J'écoute et n'interviens que très peu, voire pas du tout. En général je suis la première à m'exprimer dans une conversation, d'autant plus quand ça penche vers le débat. Mais là, non. Je ne peux pas expliquer pourquoi, sur le coup. Je sais juste que je préfère écouter. Et c'est très bien comme ça.

Les assiettes se vident de manioc, ndolè et autres mets préparés pour l'amour de partager. Je pose ma main sur ma cuisse et sens mon paquet de cigarette dans ma poche. Ça fait longtemps. C'est vrai que je finis toujours un repas par une petite clope, histoire de tasser tout ça. Mais là, je n'en ai pas envie.

Tout le monde se lève et débarrasse. Je fais de même et me dirige vers la scène, partant en exploration. Il n'y a qu'un musicien auprès de son instrument, qui n'est autre que le balafon. J'ai adoré les sonorités de cette percussion. Et puis, il y avait la façon dont il jouait aussi. Le kif du type, c'était quelque chose. Je m'approche de lui avec ces images en tête. Ah ! Je vois qu'en plus d'être un musicien de talent, monsieur a bon goût. Il se trouve que je porte une paire de chaussures de la même marque que les siennes à l'instant même. C'est drôle, ce n'est pas le même modèle, mais on a tous les deux un motif zébré.
– Sympas, les chaussures ! lui dis-je avant de monter sur scène.
– Merci !

Je prends une pose et lui présente les miennes, comme les stars qu'elles sont.
– Ah, trop cool ! s'exclame-t-il.
– On parle le même langage en plus de celui de la musique.
– C'est ça. Moi, c'est Cédric.
– Et moi Tamara.
Je m'approche de l'instrument.
– Tu me régales avec ton balafon.
– C'est gentil, dit-il un peu modeste.
– Non, mais vraiment. Ça apporte une super sonorité. En plus c'est rare d'en voir.
– Ouais, j'adore aussi.
Je vois les maillets et ressens soudain une puissante envie de m'en emparer.
– Je peux essayer ?
– Oui, bien sûr, fais-toi plaisir !

Je les saisis et je tapote les lamelles de bois par-ci, par-là, pas vraiment en pleine possession de mes moyens. Enfin, c'est curieux. C'est comme si je n'osais pas jouer. Je me bloque et je n'arrive pas à m'amuser, comme avant.

– T'inquiète, tu ne risques pas de le casser. Tu peux taper, dit-il plein de bienveillance.

Il a raison. Bien sûr qu'il a raison. Et moi ? De quoi j'ai peur, au juste ? Je lâche prise et m'abandonne au jeu. Qu'est-ce que je risque après tout ? Si ce n'est de passer à côté de moi.

C'est parti. Je termine ma tambouille avec un sentiment heureux. Mais un heureux différent. Plus entier. Qui comble les trous avec des bonnes choses et non des illusions qui s'effritent aux premières   secousses.

– C'est top ! Tu as déjà joué, toi ? me demande Cédric.

– Pas sur ça. Mais un peu de xylo dans une autre vie.

– Je te rassure, c'était bien dans celle-là.

On reprend la masterclass sous la direction de Louis. Il introduit la dernière chanson du programme. Je divague et ne fais pas trop attention à ce qu'il dit. C'est qu'il s'en passe des choses. Je me félicite de ne pas avoir la tête prise par mon travail. Et bien évidemment, le fait d'y penser m'y fait penser. Les accords de la chanson détonnent sans m'atteindre. Et puis, là, comme ça, elles flottent jusqu'à mes oreilles et traversent la frontière de mon esprit entravé. *Stand By Me.* Je ne rêve pas. Louis est en train de donner les voix. Il ne peut pas m'avoir fait ça. Je ne vais pas pouvoir. Voilà que les larmes me viennent et coulent à flot. Tout le monde me voit, c'est sûr. J'essaye de me cacher avec mes cheveux, mais rien n'y fait. C'est assez suspect de se sécher les larmes et de renifler comme je le fais. Étant donné la bienveillance dont les gens font preuve ici, je vais arrêter de me persuader que personne ne remarque mon état. Je sors de scène et me dirige vers les sanitaires repérés un peu plus tôt.

Je rentre dans un cabinet et me ressaisis. J'ai du mal à y croire. Quelle était la probabilité pour que cette chanson soit celle de mon père ? Et puis, c'est quoi cette espèce de test qu'on me fait là ? Parce que sur le coup, c'est vraiment comme ça que je le prends. Bonjour l'effet de surprise. Ces messieurs Etienne et Louis ont jugé bon de ne pas nous donner les paroles des chansons en amont. Pour que, je cite,

« nous chantions avec notre cœur et non notre tête ». Eh bien, c'est gagné ! Me voilà effondrée dans les toilettes d'un gymnase, le maquillage dégoulinant, un douloureux souvenir ayant entraîné mes larmes. Le temps a fait son effet, la plaie s'est refermée. Mais, cette chanson, c'est trop de souvenirs. Je n'ai pas mal, mais je pleure sans pouvoir m'arrêter.

Bon, allez. Ça suffit ! C'est comme ça et pas autrement. Je n'ai pas d'autre option que d'y retourner et chanter. Basil doit s'inquiéter. J'ai senti son regard dans mon dos quand je suis partie. Ce n'est qu'une chanson. Je peux le faire. J'y retourne !

Les gens n'ont pas l'air trop perturbés par mon aller-retour. Après tout, je ne suis pas le centre du monde. Les yeux rivés au sol, je ne croise pas le regard de Basil. Je l'évite. Aucune envie qu'il me voie en position de faiblesse. Je déteste ça, passer pour la petite bête fragile. Je retrouve ma place et chante. Mes larmes ont plus de mal à se frayer un chemin vers la sortie. J'aime beaucoup l'arrangement que Louis propose. Je décide de porter ma rigoureuse attention sur la musique qui se joue pour ne pas laisser mon torrent d'émotions gagner les terres de ma raison.

J'entends des voix se détacher. À l'avant-scène, devant deux micros de solistes, une jeune femme chante aux côtés d'un jeune homme. Louis leur a attitré les paroles de la chanson. Dès la première écoute, je trouve ça super. Mais voilà que le chef de chœur les pousse encore plus haut. Il les emmène par-delà leur retenue et ça porte ses fruits. Le duo scotche la chorale et Etienne nous incite à les encourager. Les deux solistes reprennent depuis le début après avoir répété quelques fois leur passage et Louis lance la chorale et les musiciens. Un petit coup de baguette magique et voilà qu'on crée tous ensemble une merveille de plus. Je ne sais pas comment ça sonne de l'extérieur, mais depuis l'intérieur de la chorale, on envoie grave, je trouve. Tout le monde s'applaudit à la fin de la musique. C'est fort. *Stand By Me.* Je n'y crois toujours pas, quoi. Fallait que ça tombe sur moi.

Etienne troque sa guitare pour le synthé et reprend avec nous la première chanson qu'il nous a enseignée. Très vite, on se voit interrompus par un évènement d'envergure. La marraine du festival est arrivée et elle est sur le point d'occuper la scène pour faire la balance des sons. Basil m'expliquera plus tard que c'est une étape technique clé qui se fait avec les musiciens avant un concert afin d'assurer le meilleur rendu possible. Je n'ai jamais entendu parler de cette musicienne apparemment très connue dans le milieu du jazz en tant qu'organiste. J'ai même cru entendre un des choristes employer le mot « légende » pour la décrire. Rien que ça !

Alors que tout le monde a déjà bien avancé vers la salle où nous allons continuer de répéter, je traîne de la patte. C'est que la curiosité m'a toujours bien accompagnée. Ou piquée. J'ai envie de voir de qui il s'agit. Je saisis le reste de mes affaires sur la chaise et, sentant une présence derrière moi, je me retourne. Je vois un bout de canne d'une couleur bleu foncé entourée d'un mince fil doré. Me voilà prise de panique. Ce n'est pourtant qu'un bout de bois. Mais c'est la personne qui se trouve au bout de la canne qui me trouble sans même que je n'aie pu la découvrir. Je pars rejoindre mes camarades choristes dans la direction opposée.

Ils ont déjà repris le chant quand j'arrive dans la salle annexe. Je me place dans le fond et me remets dans le bain. Etienne est parvenu à canaliser les gens malgré le bouleversement qu'a provoqué cette mystérieuse organiste au sein du groupe. Nous sommes sur le point de terminer une chanson quand de la musique se fait entendre au loin. Ça bombarde. L'orgue de la dame et la batterie de son partenaire de scène détonnent et provoquent un raz-de-marée. Pauvre Etienne ! Toutefois, je suis loin de m'indigner du comportement de mes camarades, étant donné que je suis tout autant prise d'excitation qu'eux à l'idée de la voir jouer. « C'est elle qui joue ? » « Ils ont commencé la balance ! » « C'est vraiment elle ! » Les gens s'amassent à la fenêtre pour avoir une chance de la voir faire chanter son instrument. C'est l'extase. Etienne fait résonner sa grosse voix et rappelle les choristes à l'ordre avec gentillesse et sérénité. Il est fort. Je le remarque d'autant plus parce que, me mettant à sa place, je n'aurais pas usé d'une voix aussi douce. Même si la sienne reste bien grave. C'est plus une question d'intonation. Sous prétexte d'aller remplir ma gourde, je sors de la salle. Je veux la voir. Je me dépêche d'accomplir ma mission alibi et ressors, déçue de constater qu'elle est déjà partie.

De retour dans salle, je pose ma gourde en évidence sur la table et retrouve ma place. On balaye toutes les chansons apprises aujourd'hui. Louis et Etienne font un vote pour savoir si les gens souhaitent continuer de répéter ou s'ils préfèrent se reposer avant le concert.

Louis fait savoir qu'il préfère l'une des deux réponses, qu'il juge plus raisonnable. Tout le monde comprend qu'il s'agit de l'option repos. Les choristes votent et la répétition ou filage, pour les plus aguerris, se termine là. On nous montre ensuite les vestiaires aménagés en loges pour que nous puissions nous y préparer. J'ai hâte. J'avais oublié ce sentiment si particulier que l'on éprouve avant de monter sur scène. Qu'importe si l'on en fait son métier ou non, je pense que ce sentiment est universel, tout comme la scène l'est. Même si je n'étais qu'une enfant la dernière fois que j'ai bravé les feux de la rampe, je peux dire avec confiance que le sentiment est identique. C'est comme s'il ne m'avait jamais vraiment quittée. Je me rends compte après toutes ces années à quel point j'aimais ça. D'un amour et d'une passion comme peut-être je n'en ai pas eu l'expérience depuis. À moins que je ne m'en sois pas rendue compte. Toujours est-il que, prise par le coup de l'émotion, mon cœur bat la chamade. Et nous sommes à une heure et demie du début du concert. J'ai intérêt à me calmer, moi.

Je pars me chercher un petit thé au jasmin bien mérité. Mon breuvage bien chaud en main, je termine mon échange avec une dame venue à la masterclass après avoir reconnu Louis sur les affiches placardées dans un supermarché. Elle me fait part de sa joie de partager un tel moment en musique et va retrouver son partenaire de vie. À mon tour, je scrute l'horizon. C'est que mon Basil commence à me manquer. J'ai le besoin de lui raconter le presque trop plein d'émotions qui me traverse. C'est à ça que servent les bons amis. Mon cœur s'emballe à nouveau. Et puis, c'est l'arrêt total. Le mur. Il est avec cette fille et elle rit. Lui aussi. Je devrais être heureuse pour mon ami. Mais là, tout de suite, je n'y parviens pas. C'est égoïste, je sais, mais s'il y a une personne qu'il devrait être en train de faire rire, c'est bien moi ! C'est avec moi qu'il est venu. Qu'est-ce qui me prend ? Je n'approuve pas du tout ce genre de pensées et je valide encore moins le fait de me sentir comme je me sens à l'instant : mal. À tous les coups, c'est le stress du boulot qui fait surface et me fait perdre la boule. Ça va bien se passer. Plus important encore : ça va me passer. La porte est là et je la rejoins. Un peu d'air frais, c'est ce qu'il me faut.

Pourquoi j'ai envie de pleurer ? C'est absurde. Voilà qu'un petit rire nerveux me prend. Je suis près de la porte et il n'y a personne. Jusqu'à ce qu'arrive Etienne.

– Ah, c'est toi, Tam-Tam ? dit-il.

– C'est bien moi.

– Ça va ? Tout va bien ?

– Tout va bien, oui. Je prends un peu l'air. C'est beaucoup d'émotions, tout ça. Dans le bon sens.

– Je suis content de te l'entendre dire. La chorale a fait de beaux progrès et ça me ravit. Mais au-delà de ça, je vois que les gens passent un bon moment. Ils s'amusent. Et ça, c'est tout ce qui compte.

Quelle voix. Elle m'apaise autant par son timbre que par ce qu'elle exprime.

– C'est fort, tout ça. C'est très fort. Je n'avais pas ressenti ça depuis trop   longtemps.

– Depuis que tu as arrêté la musique ? me demande-t-il.

– À peu de choses près, oui.

Etienne plonge dans mon regard avec sa bouée de compassion. J'ai l'impression que cet homme pourrait me sauver de l'apocalypse.   Comme   Basil.

– Tu sais, Tamara, tu es la bienvenue à la chorale. On est faits pour être connectés, ou reconnectés à notre musique intérieure. À ce qui nous inspire à créer. Il n'est jamais trop tard.

– J'aimerais avoir ton courage, Etienne. Ce n'est pas rien, de vivre de sa passion comme vous le faites, toi, Louis, les musikos et tous les autres. C'est beau.

– Je te rassure tout de suite Tam-Tam. C'est à la portée de tout le monde.

Je lâche un rire qui fait très bien entendre mon manque de conviction. Pour les autres peut-être, mais c'est une autre histoire quand on veut maintenir un certain niveau de vie. Celui que j'ai, en l'occurrence. Tout le monde ne s'appelle pas Paul McCartney.

– Il faut le vouloir, reprend Etienne. Avoir le courage de se connaître et de s'aimer pour ce que l'on est. Tu sais, il y a deux façons de rendre les feuilles d'un arbre vertes. Soit on prend une bombe de peinture et, en quelques secondes, le travail est fait. On est content, de l'extérieur, la couleur est bien là. Mais c'est plat. Ce n'est pas vrai. Soit on prend le temps d'arroser cet arbre, de prendre soin de lui. La beauté puisera sa force de l'intérieur et de belles feuilles vertes pousseront en abondance. C'est un choix qu'on fait tous les jours. Allez, il faut que j'aille me préparer. À tout à l'heure !

Il rentre et rejoint l'organisatrice qui l'attend de pied ferme. Pas longtemps après, je pousse la porte et retrouve la chaleur du gymnase.

Je regarde autour de moi. J'ai du mal à comprendre les émotions qui me viennent. Comme si, soudain, je n'avais plus la moindre idée de ce que j'étais venue faire ici. Et en même temps, c'est comme si j'étais exactement là où je devais être. Bon. Voilà que je me prends à rire toute seule, d'un rire semblable à celui exprimé sans trop de contrôle lors de la discussion avec Etienne. Sauf que là, ça vient d'un recoin plus profond. D'une profondeur où je n'ose pas souvent regarder. Non pas que j'aie peur du noir, mais c'est une zone qui pourrait faire resurgir des choses après lesquelles je n'ai pas pour habitude de courir. Les paroles encore toutes fraîches d'Etienne me reviennent : « Avoir le courage de se connaître et de s'aimer pour ce que l'on est ». Oui. Eh bien, il faut croire que je ne suis pas encore passée de ce côté-là de la force. Et pour être tout à fait honnête, je ne sais pas si je le souhaite vraiment. Ça redonne de l'espoir de voir des personnes qui brillent comme Louis ou Etienne, des personnes qui se connaissent et qui n'ont plus peur de montrer au monde qui ils sont. Le pourcentage de la population que ces personnes représentent doit être bien faible. Mais elles existent. Toujours est-il que ce n'est pas le cas pour moi. Du moins, je pourrais en faire partie, mais je ne suis pas prête à faire face à moi-même. Pas encore. Peut-être quand j'aurai la crise de la cinquantaine et que je remettrai tous mes choix de vie en question. D'ici là, je devrais avoir gagné un peu de courage.

Ma bulle éclate après la réception d'un message. C'est ma collègue Anna. Elle commence son petit pavé en s'excusant de me parler boulot pendant le week-end. « Comme si c'était la première fois », me dis-je en riant. Elle m'annonce que le poste pour lequel j'étais en lice ne me revient pas. Tout remonte. Le pire. Mon souffle se coupe et je reste la tête baissée sur mon téléphone. Si je m'étais vue de l'extérieur, j'aurais pensé croiser une sorte de zombie figé sur place. Pas super comme vue. Je sens l'angoisse s'infiltrer dans mon système, comme si elle se dispersait dans mes veines pour bien atteindre tout mon corps. Je pense à la seule chose qui pourrait me faire du bien : une cigarette. Au moment où je m'apprête à sortir, je sens une main sur mon épaule. Je me retourne et découvre Basil.

– Tu fais ta solitaire, maintenant ?

– Non, non... Etienne est venu, on a papoté. Et puis, à l'instant j'ai...

– Qu'est-ce qu'il se passe, Tamara ? me demande-t-il, préoccupé.

Il s'assoit à côté de moi. Tout de suite, son parfum me réconforte. Sa présence me fait plus de bien que n'importe quelle pilule. C'est l'effet que peuvent faire les personnes en qui on accorde toute notre confiance. Nous calmer, nous rassurer, nous aimer. Parce qu'on les connaît et qu'elles nous connaissent. Je ne sais pas si je lui dis...

– Tu peux me dire, Tam-Tam, ça peut te faire du bien.

– Non, mais ce n'est rien de grave, dis-je en m'efforçant d'adopter un ton convainquant.

– C'est toi qui vois. N'en parle pas si tu ne te sens pas le faire. Mais tu sais, même les grands champions baissent la garde et soufflent par moments.

Basil se lève et me regarde avec un sourire qui pourrait guérir tous les maux.

– Je vais me changer pour le concert, comme ça s'est fait. Je t'ai bien prévenue hier pour le dress code : tout en blanc, hein ?

– Je n'ai pas eu le poste, Basil.

Il s'arrête net et n'attend pas une seconde de plus avant de se rassoir à côté de moi.

– Oh, Tam... Je suis désolé, je sais à quel point tu y tenais. Ils auraient pu attendre que tu passes ton week-end tranquille, au moins. C'est pas cool.

– Ouais, c'est sûrement mieux comme ça, lui dis-je.

Je me penche sur son épaule et il m'entoure de ses bras. Ça dépasse les frontières de l'agréable. Heureusement qu'il est là, lui. Si j'avais été livrée à moi-même, j'aurais sans aucun doute bu jusqu'à ne plus me rappeler mon prénom.

J'ai un regain d'énergie qui me percute d'un coup. Peut-être que c'est Basil qui me transmet ça, et les autres, l'ambiance générale, le sourire sur le visage de chacun et la volonté de profiter de ces instants hors du temps. Ils laissent briller leur lumière et inondent ce gymnase d'un coin reculé de la Normandie.

Là, dans l'instant, tout va bien. C'est ce qu'il faut se dire. Eh oui, je le voulais, ce poste. Mais je commence à me demander si ce n'était pas une question d'égo plus qu'autre chose. Est-ce que j'avais besoin d'un travail qui allait grappiller encore plus le temps accordé à ma vie privée ? À quoi bon ? Peut-être que j'essaye de me faire une raison. Ou alors c'est ça, accepter les choses qu'on ne contrôle pas. Voire accepter qu'on ne contrôle pas certaines choses. Difficile à concevoir, mais en intégrant ce dernier point, me voilà plus légère.

On reste là, l'un contre l'autre, immobiles, tandis que le monde tourne autour de nous. Le soulagement entre dans la danse. Ce n'est pas souvent que je fais mumuse dans les ascenseurs émotionnels de ma vie privée comme ça. Du moins, c'est peut-être la première fois que je m'en rends compte, que je suis autant à l'écoute de moi-même et des autres. Basil ne bouge pas. Je ne sais pas depuis combien de temps on est comme ça, mais je pourrais bien passer ma vie à rester là.

Je rouvre les yeux à l'entente du rire d'Etienne. Il est toujours avec l'organisatrice. Ça me fait sourire. Il faut dire que ça ne serait pas chose facile de résister à l'effet de cette joie débordante. Il y a un silence. Et puis une voix. Sublime à m'en faire frissonner. Mais qui chante comme ça ? Je n'ai entendu personne se démarquer de la sorte lorsqu'on était sur scène. Cela étant, ce n'est pas évident de distinguer une voix quand 64 choristes chantent. Mais cette voix... J'ai envie de refermer les yeux et de me laisser emporter. Mais en même temps, j'ai envie de savoir qui chante. Quelle beauté. Je finis par me retourner. C'est l'organisatrice. J'ai du mal à y croire.
— Mais tout le monde sait chanter ici ? dis-je, encore prise par la surprise.

Basil se met à rire et se retourne vers la porteuse de cette belle voix.
— Tu parles de Marie ? C'est vrai qu'elle est incroyable. Elle m'a déjà fait pleurer plusieurs fois lorsque je l'ai vue en concert.
— Tu m'étonnes.
— Tu sais, avant qu'elle ne commence sa formation avec Etienne, elle ne savait pas chanter.

– Arrête, je ne te crois pas, lui dis-je en donnant cette tape qui lui revient quand il me fait tourner en bourrique.

– Demande à Etienne.

– Mais c'est pas possible. Avec la voix qu'elle a...

– Ça se travaille, ma grande. Dès le début, elle s'est investie à fond avec la volonté de progresser. Elle a écouté son prof et lui a accordé toute sa confiance. Tu entends comme moi le résultat. Il n'y a pas de secret. Juste du travail et de la passion.

Ce n'est pas tout, mais ça passe vite quand on vit des choses extraordinaires. Il est plus que temps de se préparer. Nous nous séparons aux portes des vestiaires. Là, je retrouve les filles de tout à l'heure. Atelier maquillage et coiffure chez ces dames. Juste ce qu'il me fallait. Certaines font les coiffures des unes, tandis que d'autres font le maquillage de leur voisine. Dans la joie et de gros fous rires, cela va de soi.

Je commence par enfiler ma combinaison blanche que je n'avais pas sorti depuis des lustres. Depuis l'époque où je portais autre chose que du noir. Je ne sais pas pourquoi, mais j'ai eu envie de m'habiller comme ça avant même que Basil ne m'informe du dress code. J'arrange mes cheveux et me mets un coup de rouge à lèvres. Cela attire le regard de mes nouvelles amies qui s'empressent de me complimenter. J'ai pour habitude de prendre les choses pour acquis. Je sais bien que je peux faire de l'effet. Je le vois et je le sens dans le regard des autres. Des hommes, en particulier. Mais là, c'est différent. Leurs mots me touchent et je suis à la limite de rougir. Je leur réponds qu'elles sont toutes aussi belles et une énergie pleine de bienveillance et de lumière s'élève dans le vestiaire.

Voilà qu'un flash me vient. Je vois mes collègues. Il m'est impossible d'imaginer un échange pareil avec elles. Ni avec les femmes de mon équipe, ni avec aucune autre femme dans mon cercle professionnel. Si, il y a bien évidemment la fameuse exception : la petite stagiaire toute mignonne qui n'a aucune idée de ce qui l'attend dans ce milieu. C'est ce que je me suis dit à son arrivée. Mais sinon, c'est inimaginable. À ce moment-là, je réalise que c'est grave. Enfin, ce n'est pas rien. C'est en découvrant une autre réalité qu'on se rend compte à quel point la nôtre peut être décalée.

Ici, les relations sont vraies et saines. Là-bas, ça aurait été faux, avec des mots dissonants utilisés pour couvrir un fond de jalousie inavouée. Maintenant que j'ai un peu de recul, un des camps m'attire bien plus que l'autre.

Il est temps de passer dans la petite salle aménagée derrière la scène. Un apéritif s'y tiendra après le concert. C'est ce que j'en déduis en voyant de longues tables dressées et la décoration installée. Voilà mon Basil. Il est tout beau avec ses cheveux plaqués en arrière et sa chemise blanche. Par contre, quand nos regards se croisent j'ai l'impression de lire de la confusion dans ses yeux.

– Ça va mon grand ?

– Oui, oui... Ça te va bien le blanc, me dit-il.

– Merci bien, monsieur. T'es pas mal non plus dans ton genre.

Les intervenants font leur entrée. Louis arbore une superbe tenue, digne des grands rois du Cameroun, tandis qu'Etienne est vêtu d'un pantalon et d'un t-shirt noir. J'éprouve un incroyable sentiment de fierté en les voyant, tout beaux, prêts à guider leur belle chorale. Moi-même, j'ai la satisfaction d'avoir accompli quelque chose qui compte. Reste le concert, bien sûr. Et la suite éventuelle des festivités. À cet instant, je ressens l'extase de tout ce que cette journée a pu m'apporter. Je me dis que c'est quand même assez dingue. Et j'apprécie. Place aux maestros.

– On y est ! s'exclame Louis tandis que les choristes forment un arc de cercle autour d'eux. Je tenais à vous dire que vous m'avez impressionné. Nous sommes fiers d'avoir pu vous diriger aujourd'hui avec Etienne et avons pu constater une belle évolution depuis ce matin.

– Oui, bravo à vous ! reprend Etienne. À ceux qui n'ont jamais participé à une chorale, je vous félicite d'avoir fait le pas. À celles et ceux qui faisaient déjà partie de l'univers de la musique, bravo de continuer sur cette voie et de grandir comme vous le faites. Maintenant, il ne reste plus qu'à entrer en scène et à s'amuser !

– Vous êtes toutes et tous magnifiques. Prenez conscience de ce moment et vivez-le à fond !

– Bon concert à tous !

Tout le monde s'applaudit. La salle est inondée de la chaleur qui émane des cœurs. Je regarde autour de moi pour m'imprégner de cet instant que je sens important. Pour garder le plus de détails possible en tête. Je laisse les émotions m'habiter dans leur entièreté. J'y arrive.

On monte en scène sous les applaudissements du public. À vue d'œil, je dirais qu'un peu plus de la moitié des chaises est occupée. Ça fait son effet, d'être sous le feu des projecteurs comme ça. Les musiciens se mettent en place. Etienne nous regarde avec un sourire qui dépasse grandement ses petites oreilles.

« Avec ce seul petit pourcent, ils se donnaient à 200 % ». Les paroles d'Etienne résonnent dans ma tête alors que la musique démarre. Je comprends à cet instant ce qu'il a voulu exprimer lorsqu'il a dit que nous n'étions pas grand-chose. C'est vrai, à l'échelle de l'humanité, de la planète, de l'univers, nous ne sommes pas grand-chose. C'est en premier lieu une question d'humilité, pour justement intégrer que nous ne sommes qu'un petit pourcent, dans le but d'accéder à notre authenticité. Et pouvoir tout donner. Parce qu'on le peut. Parce qu'on n'a plus peur de rien. J'accepte de ne pas pouvoir tout contrôler. En revanche, tout donner, ça, c'est mon choix. La chorale est sur le point d'être lancée, et il n'y a rien que j'aimerais plus faire que de chanter de tout mon être. C'est ma délivrance.
Avec Basil, on échange des sourires qui se traduisent par « on est là et c'est dingue ! ». Il fait le clown comme il aime tant le faire et ça ne loupe pas. Je rigole et perds une seconde le fil de la chanson. Tant mieux, on est là pour s'amuser.

Il est temps de voguer sur l'océan de l'amour. C'est ce que je me dis quand les premières notes de *Sailing on the Sea of Your Love* se font entendre.

On a eu beau avoir répété toute la journée, ce n'est qu'à cet instant sur scène que je suis frappée par les paroles. Il n'y a pas deux secondes je m'en moquais presque, et voilà qu'elles prennent un tout autre sens. *« Sailing free, cause you love me »*. Ce n'est pas n'importe quel ami qui m'aurait convaincue de venir ici. Pas n'importe quel ami qui me console et me soutient comme il le fait. J'ai envie de le regarder, mais je n'ose pas. Je sens une tension. Je sens son regard sur moi. Plein d'images se bousculent dans ma tête. Je crois que je l'aime. Oui. Oui, je l'aime. Depuis toujours. Ce n'est que maintenant que je m'en rends compte. Après, je peux me tromper. Mais ma petite voix me dit autre chose. Je ne me le suis jamais dit. Peut-être que j'avais peur de me l'avouer. N'empêche que je l'aime. Une avalanche de questions me font sortir du tempo de la chanson. Je réalise assez vite et me reconcentre sur la musique. C'est tout chaud dans mon ventre. Déjà que chanter fait grimper la température... Voilà que je découvre que je suis amoureuse de mon meilleur ami. J'ai presque l'impression que c'est une blague. C'est quoi cette journée ? Quelque chose me dit qu'on me réserve encore un peu de poussière d'étoile.

La chanson se termine et malgré mes efforts pour résister, je finis par regarder Basil. Résistance à quoi ? Mais c'est complètement absurde. Il faut que je me ressaisisse. Il me regarde au même moment. Ça n'aurait pas été drôle, sinon. Il se passe quelque chose. Basil baisse les yeux. Oh non. Je l'ai mis mal à l'aise. Il l'a vu dans mon regard. Mais il ne ressent pas ce que je ressens. En tout cas, tout porte à croire que c'est ce qu'il s'est passé. J'ai tout foutu en l'air.

Le plus dur est à venir. Je sais quelle chanson arrive. Mais sur le coup, je suis déphasée. Les premières notes ne tardent pas à me percuter de plein fouet. Je suis prête et je vais tout donner. *Stand By Me*. Allez. Allez !

Les deux solistes s'avancent et nous charment après deux phrases seulement. Quand je pense que je suis sur scène avec eux. Les larmes me viennent, mais elles coulent déjà bien moins que lors du choc émotionnel de tout à l'heure. Ouf. Je zyeute Louis qui, assis derrière le synthé, a le regard qui pétille. Il clame :
– Je vous invite à monter sur scène, cher public ! Si l'un ou l'une d'entre vous souhaite venir partager ce moment avec nous, venez nous rejoindre.

Trois enfants s'empressent de venir sous les projecteurs, après quoi, quatre adultes les rejoignent à pas hésitants. Louis les encourage. J'assiste à tout ça avec un grand sourire. Ce n'est pas mon genre de sourire comme ça, certains diraient « bêtement ». Je ne peux pas   m'en   empêcher.
– Maintenant, si quelqu'un sur scène veut prendre le lead... une personne du public ou un choriste : c'est votre moment.

Je ne sais pas pourquoi l'idée de faire ce lead m'effleure l'esprit, parce que je n'ai jamais fait une telle chose. J'ai vu des chanteurs expérimentés le faire cette après-midi. Prendre le lead, c'est chanter seul et diriger le chœur avec notre voix. Comme un solo. Comme se jeter dans la gueule du loup. En tout cas, pour moi. Je ne peux pas. Mais je vois mon père dans le salon en train de faire un show du tonnerre sur cette musique. Il s'éclate. Moi je suis sur le point de le faire. Je chante en criant dans ma tête. Mon corps est tétanisé. Prise dans un tourbillon infernal de pensées, j'ai du mal à savoir si le temps ralentit ou s'il a déjà filé. Allez. Je ferme les yeux. Allez ! Je chante. Je le fais. C'est mon cri exutoire. Je chante pour lui, pour moi. Ma vie, mon choix.

La phrase musicale s'achève et le chœur reprend. Etienne me regarde avec des yeux débordants de fierté. Je me sens si légère. Je suis libérée.

Les applaudissements du public me ramènent à la réalité. Je suis dans un état de choc encore inconnu, mais je veux vivre ce moment unique. Parce qu'il ne se reproduira pas. Je veux éviter de ne voir apparaître qu'un distant brouillard lorsque j'essayerai de me rappeler de cette fin de concert. Alors, je souris. Surtout, je respire et suis les autres qui descendent de la scène. Je ne sais pas quoi faire. Les filles de ma section sont toutes euphoriques, certaines ont la larme à l'œil. Il y a de quoi. On se félicite les uns les autres. Je ne vois pas Basil. À tous les coups, il est en train de se faire accoster par Miss bouclette. C'est nul, cette pensée. J'arrête. Il ne me doit rien, après tout.

Avec les filles, on va se prendre un petit verre et puis on se met à l'arrière du gymnase pour la deuxième partie du show. Elle arrive, la grande organiste. Louis lui fait l'introduction de toute une vie. J'apprends qu'elle vient d'Amérique. Il en profite pour partager qu'il a grandi en écoutant sa musique et que ça a toujours été un rêve d'être avec elle sur scène. C'est touchant de le voir comme ça, admirant cette femme d'exception. Il cite des grands noms de musiciens avec qui elle a collaboré. Ah oui, quand même. Duke Ellington, Count Basie et j'en passe. Ça m'ouvre d'avantage les yeux sur la personne qui va jouer pour nous ce soir.

Elle arrive sur scène avec sa canne, la même que tout à l'heure. Rien qu'avec ça, mon cœur repart en cacahuète. Elle est suivie par un homme d'une trentaine d'années qui s'installe à la batterie. C'est pieds nus que la musicienne se met à son orgue. C'est parti. Je suis excitée comme une puce. Je danse, je me lâche. Je donne tout. Et elle, cette grande artiste, elle en fait tout autant avec son orgue. À vrai dire, elle fait bien plus encore. C'est avec toute la vivacité du monde qu'elle joue. Une dame qui marche à l'aide d'une canne et qui anime ses pieds et ses mains de la sorte : ça me paraissait impensable... J'en prends plein la vue et les oreilles. C'est comme un miracle.

Basil approche. Il se met à ma droite, sans un mot. Il est proche mais ce n'est pas comme d'habitude. Qu'est-ce que ce batteur est bon aussi. L'organiste et lui s'accordent avec brio. Le voilà qui part dans un solo ! Ça s'intensifie et surtout, ça dure avec génie. Me vient en tête ce film sur l'histoire d'un batteur que rien n'arrête et qui se finit par un solo qui m'a laissée sans voix. Voilà que je revis ça et que c'est juste devant moi. Waouh ! Il termine en ayant emporté toute la salle dans sa frénésie rythmique. Bravo monsieur ! Alors que la dame s'adresse pour la première fois au public, je découvre qu'elle parle un français irréprochable. Il fallait bien ça en plus.

Je continue de danser et d'apprécier le spectacle. Mais je trouve que la scène est trop loin. J'arrive à apercevoir le sourire de l'organiste.
– Viens, on va la voir de plus près ! dis-je à Basil.
J'attrape sa main et le tire avec moi. Elle est moite. En même temps, il fait chaud dans ce gymnase. Il y a des occasions qu'il ne faut pas rater. Ma petite voix m'indique d'aller tout au bout, aux premiers rangs pour profiter au mieux de sa prestation. Je fonce. Je ne suis pas déçue du spectacle. Comment pourrais-je l'être ? Le sourire qu'elle a quand elle joue, le plaisir qu'elle dégage... J'ai du mal à trouver les mots pour décrire ce dont je suis témoin. J'ai trouvé. On dirait une enfant qui s'amuse avec son jouet préféré. C'est tout à fait ça. Nul doute, c'est la chose la plus merveilleuse qu'il m'ait été donné de vivre. Quelle chance.

La dame annonce qu'elle va faire une dernière chanson. Non, pas déjà... Elle demande au public s'il sait quel est le negro spiritual le plus connu. Je crois connaître la réponse. Je le dis tout bas. *When The Saints*. Dès les premières notes, je tourne mon regard vers Basil. On se sourit. La dame d'exception invite le public à chanter avec elle.

Dernière ligne droite pour tout donner. Arrive le refrain. *« Oh when the saints, go marching in! »*. Basil et moi chantons de tout notre cœur. Quelque part, c'est notre chanson. L'organiste joue et pointe son doigt vers nous. Je ne réalise pas tout de suite. Elle est en train de nous donner le signal pour chanter. On doit être les deux seuls mabouls à s'égosiller. On s'en fout. Mon corps créant de l'adrénaline à bloc, je saisis la main de Basil et la serre aussi fort que je chante. Le concert se termine. Tout le monde se lève pour applaudir la prestation de cette reine.

Instant dédicace. Je n'ai pas de liquide sur moi. Basil est là pour moi. Dans la queue pour acheter un CD, je repense à cette journée surréelle. Si je m'écoutais, je plaquerais tout pour faire de la musique, partir en tournée avec Basil et vivre un amour sans fin. Je délire. Même si c'est tout ce que je désire. Et peut-être même que je n'ai jamais autant désiré quelque chose.

J'arrive au niveau de l'artiste et dis mon prénom. J'en profite pour lui dire que c'est nous qui chantions sur *When The Saints*. Elle est toute enjouée à la suite de ma déclaration.

– Je ne pouvais pas vous voir depuis la scène, mais c'est grâce à vos voix que je vous ai repérés, nous dit-elle. Vous devriez venir en tournée avec moi.

Sur ces paroles, elle me tend le disque signé. Est-ce qu'elle vient vraiment de dire ça ? Même si elle l'a dit pour rigoler, elle l'a dit. Et j'ai un témoin pour le confirmer.

Les gens ont fait une razzia de ses disques. Normal. Une partie du public est sur le départ. La chorale est invitée à remonter sur scène pour prendre une photo avec la grande dame.

– Ça vous dirait que la chorale chante une chanson pour vous ? lui demande Louis.

– Oh oui, avec plaisir, détonne-t-elle.

Elle est si mignonne. Sous la direction de nos maestros, nous chantons à nouveau *Sailing on the Sea of Your Love*. Elle nous regarde avec des étoiles dans les yeux. Je me dis qu'elle est loin de savoir à quel point elle a pu en mettre dans les nôtres.

On passe dans la petite salle où se tient la fameuse suite des festivités. Les tables sont parées de cocktails et d'amuse-bouche aux origines d'Afrique occidentale. Je retrouve le manioc, mais sous une autre forme. Il est loin de dégager la même odeur que ce midi. Je me lance et goûte l'une des verrines. À ma grande surprise, j'aime bien. Les gens discutent et savourent ce qui leur est proposé pendant un bon moment. Dans la pièce, des choristes, des organisateurs et quelques personnes du public se côtoient. Alors qu'il ne reste plus qu'une petite quinzaine de personnes présentes, les membres de la chorale d'Etienne migrent vers les estrades du fond. C'est Louis et l'organiste qui initient le mouvement. Tout le monde s'assoit autour d'elle. On est tous là, pendus à ses lèvres, à l'écouter nous parler de son expérience incroyable dans la musique. On échange avec elle, on lui pose des questions et elle nous répond avec une magistrale simplicité. Comme si c'était notre amie du coin. Ça dure un certain temps et une partie du groupe finit par partir, jusqu'à ce qu'il ne reste plus que Basil, elle et moi. Elle redemande du champagne à l'un des organisateurs qui s'empresse d'aller chercher une bouteille. Elle le mérite bien, cette reine de liberté. J'en profite aussi pour remplir mon gobelet en plastique d'un peu de bulles. Et voilà que je trinque avec cette femme. D'habitude, dès qu'il m'arrive quelque chose d'un peu fou, je pense tout de suite à le raconter aux collègues pour leur en mettre plein la vue. Sur le coup, je me contrefiche bien de ça. C'est loin d'être important. Ce que je peux me sentir bien. Le temps ralentit.

Son compagnon batteur et elle se retirent. Oui, il se fait tard. Ils nous saluent tous deux et nous les remercions pour cet incroyable concert. C'est précieux. Avec Basil, on récupère nos affaires et nous regagnons la voiture. Silence jusqu'au véhicule. Une fois à l'intérieur, Basil ne tarde pas à démarrer le moteur.
– Merci Basil. Merci de m'avoir poussée à sortir de mon petit confort. J'ai du mal à réaliser.
– J'avoue que cet échange avec elle à la fin... C'était hors du temps. Merci de m'avoir accompagné ma Tam-Tam. Ça n'aurait pas été la même chose sans toi. Et félicitations pour ton premier lead. Tu m'as scotché... Ça a l'air de t'avoir fait beaucoup de bien.
– C'est le cas. Ça faisait trop longtemps que je ne m'étais pas sentie aussi vivante. Je n'arrive pas à te dire depuis quand tellement c'est loin. Tu peux déjà m'inscrire à toutes les prochaines masterclass.

– Ah ouais, ça t'a complétement retournée en fait ! Tant mieux. Tu peux compter sur moi.

– Je sais. Je me suis rendu compte de beaucoup de choses aujourd'hui. Vraiment beaucoup. Je crois que je *devais* vivre cette journée. Et c'est un privilège de t'avoir dans ma vie. Et... aussi... Bon, ce n'est pas évident à dire mais...

– Je sais ce que tu vas me dire. Je l'ai vu sur scène, dans tes yeux. Je l'ai senti, comme toi. Pour être tout à fait honnête, je ne pensais pas que ce jour viendrait. Alors j'ai arrêté d'espérer.

– Basil... Je ne sais pas comment on va faire.

Il me répond avec un sourire timide et lumineux à la fois. Un sourire que je ne connaissais pas. Je n'ai pas envie de résister. Je l'embrasse. À la seconde où mes lèvres se posent sur les siennes, les réponses à toutes mes questions me viennent. C'était gros comme le nez au milieu de la figure. Et c'est peut-être pour ça que je suis passée à côté. Parce que j'ai tendance à ne pas me rendre compte des trésors de la vie quotidienne. Mais les choses vont changer. Je le décide maintenant.

Basil embraye et nous voilà repartis pour une grande et prometteuse aventure. Il fait très froid dehors. Bien plus qu'à notre arrivée ce matin. Tellement froid que les vitres des voitures encore présentes sur le parking ont commencé à geler. Mais cela ne fait rien puisque je repars avec le cœur plus chaud que jamais. Le froid aura beau essayer de se faufiler, rien ne résiste à la chaleur d'un cœur qui aime et qui est aimé.

À PROPOS DE L'AUTEUR

Bercée par différentes cultures dès ma plus tendre enfance, j'ai eu la chance de me laisser prendre et surprendre par une multitude d'inspirations, allant des textes littéraires aux films que je découvrais. C'est sans aucun doute le point de départ de mon ouverture au monde, ouverture que je prends soin de cultiver un peu plus chaque jour.

Très tôt, j'ai été attirée par le fait de raconter des histoires. J'ai d'abord écrit un premier roman et de la poésie, puis je me suis intéréssée à l'écriture scénaristique. C'est avec joie que je continue de découvrir des moyens d'expression créatifs, qui chacun à leur manière, racontent une facette de ma vie.

Je n'ai rien à prouver, mais tout à partager.